AF724826

DÉPÔT LÉGAL
Seine
N° 85
1865

LES

PREMIÈRES LARMES

POÉSIES

PAR

MAURICE DE FOUCAULT

PARIS
MARPON, LIBRAIRE-ÉDITEUR
GALERIE DE L'ODÉON

1865

LES

PREMIÈRES LARMES

POÉSIES

Ye 22647

PARIS. — IMP. SIMON RAÇON ET COMP., RUE D'ERFURTH, 1.

C.

LES

PREMIÈRES LARMES

POÉSIES

PAR

MAURICE DE FOUCAULT

BIBLIOTHÈQUE IMPÉRIALE IMPR.

PARIS
MARPON, LIBRAIRE-ÉDITEUR
GALERIE DE L'ODÉON

1865

AU LECTEUR

Les jours faciles de la vie
Nous conduisent à l'âge mûr :
Le passé s'efface ; on l'oublie
Pour sonder l'avenir obscur.

Et quand l'œuvre de la jeunesse
Se présente à l'œil incertain,
Il semble qu'on la méconnaisse
En la voyant dans ce lointain :

Et c'est en vain que l'on essaye
De retrouver les jours perdus
Dans ces chants où l'enfant bégaye
Des mots que l'homme n'entend plus.

On s'étonne; on veut leur sourire :
Ils ne parlent plus à nos cœurs,
Et l'œil sec, on se prend à lire
Tous ces vers qui furent des pleurs !

Si l'on chante encore une femme,
Ce n'est plus de la même voix :
C'est que le mois de mai de l'âme
Ne donne ses fleurs qu'une fois.

Vous donc, qui lirez ces poèmes,
Si vous voulez les bien sentir,
Descendez d'abord en vous-mêmes
Et cherchez à vous souvenir.

PREMIÈRE PARTIE

LES PREMIÈRES LARMES

A E.

Les voici ces chansons d'amour :
Reçois-les comme une prière !
Je les ai faites jour par jour,
Pour y graver mon âme entière !

Oui, tout est là : rêves d'enfant,
Souffrances dans l'ombre oubliées,
Soupirs du cœur que nul n'entend,
Larmes de fiel inessuyées !

Tout est là ! Feuillet par feuillet,
Elles disent toute ma vie :
Comme les fleurs dans un bouquet,
L'espérance aux pleurs s'y marie.

A E.

Ce matin vous dormiez encore,
Quand je m'en allai par les champs,
Regardant les bourgeons naissants
S'emperler des pleurs de l'aurore.

Sur les lilas en floraison
La feuille verte, insouciante,
Laissa glisser l'eau bienfaisante
Qui se perdit dans le gazon.

Tout près de là, dans le parterre,
Plus sage le grand lis d'argent,
Ouvrant son calice béant,
Garda la goutte prisonnière.

Et quand vint l'ardente chaleur,
La feuille se pencha séchée :
Mais lui dans la goutte cachée
Puisa la vie et la fraîcheur.

Moi j'allais, remarquant ces choses;
Et je me dis, pensant à vous :
« Dieu nous donne l'amour à tous,
« Comme il donne la pluie aux roses.

« Et les uns laissent de leur cœur
« Tomber l'amour, et quand les presse
« Le feu de l'ardente jeunesse,
« Leur âme se dessèche et meurt.

« Celui qui l'a gardé, plus sage,
« Celui-là puise dans son cœur
« L'espérance aux jours de douleur
« Et la force aux heures d'orage. »

SES YEUX AVAIENT PLEURÉ

Ses yeux avaient pleuré !
Et, comme un lis souffrant dont la tête se plie,
Elle laissait fléchir son front décoloré
Chargé de rêverie.

Ses yeux avaient pleuré !
Mais comme pour fermer un livre où j'allais lire
Et pour mieux me cacher ses pleurs, lorsque j'entrai
Elle voulut sourire.

Et moi, voyant ainsi son visage changer,
Je sentis dans mon âme une douleur nouvelle,
Et je me dis : « Ici je suis un étranger,
« Je ne suis rien pour Elle ! »

RÊVE

Or, cette nuit, j'ai vu, comme j'étais rêvant,
La mère de Jésus, la reine au doux visage :
Je l'aimais autrefois quand j'étais un enfant ;
Et sur mon cœur je porte encore son image.

Elle m'a regardé d'un regard caressant,
Comme auprès des berceaux en ont les jeunes mères,
Et m'a dit : « Mon enfant, j'ai reçu tes prières,
« Je vais aller près d'Elle et ma voix parlera
« Dans son cœur, et demain cette enfant t'aimera.

VOUS QUI SAVIEZ PARLER D'AMOUR

Vous qui saviez parler d'amour,
Vous dont les chants rendaient pensive
La châtelaine dans sa tour,
Ménestrels à la voix plaintive,

Ménestrels, dites-moi les airs
Qu'aima jadis Yseult la blonde,
Ceux que chanta Berthe aux yeux verts !
Je n'irai pas de par le monde,

Dans les fêtes et les tournois
Pour une riche récompense,
Les chanter aux filles des rois.
Mais je sais, au pays de France,

Une damoiselle aux yeux verts,
Aux blonds cheveux, au fier sourire !
Ménestrels, dites-moi vos airs,
Pour que j'aille les lui redire !

AMOUR

D'espérance et de crainte à la fois agité,
J'étais assis près d'Elle,
Et je la regardais, contemplant sa beauté
Qui m'est toujours nouvelle.

Et lorsque son regard sur le mien s'arrêtait,
Moi je me détournais pour cacher mon visage,
Troublé comme un voleur novice et sans courage
Que l'on prend sur le fait.

Et comme si ses yeux dans mon cœur pouvaient lire,
Moi je baissais les yeux,
Et me sentant rougir et n'osant rien lui dire,
Je restais tout honteux.

Mais ne comprenant rien au mal qui me dévore,
Elle me regardait sans crainte et sans détour :
Car ce n'est qu'une enfant qui ne sait rien encore
Des choses de l'amour.

A E.

A travers les sombres feuillées,
A travers les vallons en fleurs,
Roulant les pierres émaillées
Et fouettant les roseaux jaseurs,

Éveillant au bruit de sa course
Le chant des oiseaux en amour,
Elle va, la petite source,
Elle va la nuit et le jour!

Au milieu des mousses de moire
Le brouillard mêle son chemin ;
Le sable ardent qui veut la boire
L'épuise à des détours sans fin.

Le roc l'enferme ; goutte à goutte
Elle filtre et creuse son lit :
Un arbre tombe sur sa route ;
Elle s'élance et le franchit.

« De fatigue mon œil se voile, »
Lui dit le poisson qui la suit.
« Où m'emportes-tu ? » dit l'étoile
Qui vient s'y mirer à la nuit.

Et toujours roulant dans sa course
Poissons d'argent, étoiles d'or,
Elle va, la petite source,
La source qui jamais ne dort.

Où courez-vous, qui vous appelle,
Mes petits vers, mes vers d'amour ?
Il faut toujours aller vers elle,
Quand on a fait la route un jour !

ELLE MARCHAIT PRÈS DE SA MÈRE

Elle marchait près de sa mère :
Le chemin était blanc de fleurs.
Je la suivais, les yeux à terre :
On entendait battre nos cœurs.

Je cueillis une pâquerette
Et je l'effeuillai dans ma main.
Elle ne tourna pas la tête
Et continua son chemin.

Pourtant, quand je m'approchai d'Elle,
Amour, tu dois t'en souvenir,
Sous sa voilette de dentelle
Il m'a semblé la voir rougir.

JOIE

Parfois, lorsque je sors le soir de sa maison,
J'ai l'espérance au cœur et j'ai la joie au front,
Parce que je me dis que peut-être elle m'aime :
Et je vais devant moi, me parlant à moi-même
Comme un homme sortant d'une longue prison
Qui cherche le grand air, l'air libre qu'il respire
Et marche pour marcher, au hasard, n'importe où.

Et je vois les passants qui s'arrêtent pour rire.
Ils me montrent au doigt en disant : C'est un fou !
Mais moi je vais toujours et je les laisse dire.

A EDGARD DOMET

Avec le soleil on se lève,
Et tout le long du jour on rêve :
Joie ou pleurs on chante toujours,

Et c'est ainsi que va la vie.
Plus d'un s'étonne et se récrie :
« Quoi ! tu passes ainsi tes jours ! »

Qui sait pourquoi le cœur soupire :
Pour un regard, pour un sourire,
Pour un voile qui flotte au vent,

Pour un chant d'oiseau sur la branche,
Pour une marguerite blanche
Qu'une fille effeuille en passant.

La cigale dort sur la branche :
Qu'un rayon de soleil se penche
Et vienne jouer à l'entour,

Et sur la feuille au vent bercée,
Près d'une goutte de rosée,
Elle va chanter tout un jour.

ENVOI

Pour elle j'ai fait ce bouquet.
J'ai mis près de la rose ardente
La fleur hautaine de l'œillet,
La pâquerette humble et tremblante,

La pensée au reflet changeant,
Le lis pâle que le vent ploie,
Le muguet aux grelots d'argent
Et la tulipe au cou de soie.

Puis j'ai gaiement tout à l'entour
Tressé l'espoir du vert feuillage :
Pour lui parler de mon amour
Les fleurs m'ont prêté leur langage.

APRÈS L'ABSENCE

Comme à l'aube, sous la ramée,
S'ouvre la fleur qui s'est fermée
Dans l'isolement de la nuit,

Au retour de la bien-aimée,
Mon âme, qui s'était fermée,
Soudain s'ouvre et s'épanouit.

A E. D.

Autrefois je n'aimais rien de ce que l'on aime
Quand on est au printemps,
Et je disais tout haut, me mentant à moi-même :
« Je suis vieux à vingt ans. »

Je sentais une soif de gloire et de science
Me brûler comme un feu :
Je riais de l'amour, je raillais l'espérance
Et je vivais sans Dieu.

Et ce fut pour mon cœur comme une autre naissance
Quand cet amour me prit ;
Et mon cœur, fécondé de joie et d'espérance,
S'ouvrit et refleurit.

Et maintenant, ami, je suis comme un poëte :
J'écoute dans mon cœur
Résonner de beaux chants : je cherche la retraite,
Je cause avec la fleur :

Je m'arrête au buisson pour lui dire que j'aime
Comme un oiseau chantant,
Et ce qu'amour me dicte au dedans de moi-même,
Je vais le répétant.

Car ce fut pour mon cœur comme une autre naissance
Quand cet amour me prit,
Et mon cœur, fécondé de joie et d'espérance,
S'entr'ouvre et refleurit.

VA, MA CHANSON

Vers celle qui m'a pris mon cœur
Va, ma chanson, hardie et fière !
Fille d'une noble douleur,
Tu peux lever ta tête altière :

Va donc sans peur par ce chemin
Que chaque jour fait ma pensée :
Tu la verras, tête baissée,
Assise à l'ombre un livre en main.

Chanson, place-toi devant Elle :
Baisse les yeux pour lui parler :
Car si tu vois comme Elle est belle
Son regard pourra te troubler ;

Et dis : « Je viens en messagère
« Pour celui qui souffre d'amour :
« Tandis qu'il pleure tout le jour,
« Déjà, jeune fille légère,

« Déjà vous avez oublié
« Que c'est pour vous qu'il souffre et pleure :
« Voulez-vous le prendre en pitié,
« Ou dois-je lui dire qu'il meure ? »

A E.

Connais-tu la fleur solitaire
Qui pousse aux fentes du rocher,
Tout au haut de la grotte austère
Où l'oiseau de nuit vient nicher?

Pauvre petite fleur sauvage,
De tout le jour elle n'entend
Que le cri de l'aigle en voyage
Et le murmure du torrent.

Ah! près de ses sœurs des vallées
Quelle foule on voit tout le jour :
Et les cigales éveillées,
Et les papillons en amour ;

Les libellules dont les ailes
Ont les couleurs de l'arc-en-ciel,
Les mouches aux mille prunelles
Et les frêlons voleurs de miel.

Au lieu des plaintes de l'orfraie,
Des cris du hibou soucieux,
Elles entendent dans la haie
Chanter l'espoir des nids joyeux :

À l'aurore c'est l'alouette
Qui va réveillant le soleil ;
Et sur le soir c'est la fauvette
Qui vient chanter à leur sommeil !

. . . .

Cette petite fleur sauvage
Qui languit seule et loin du jour,
Ma bien-aimée, elle est l'image
De ton cœur qui vit sans amour.

LA BALLADE DES FLEURS

— DANTE —

Va, ma chanson, de deuil vêtue,
Et baisse les yeux pour pleurer,
Car pour une fleur que j'ai vue
Toute fleur me fait soupirer.

L'autre jour, sur son front qui penche
Un bouton de rose s'ouvrait :
Sur la rose, la rose blanche,
Un esprit d'amour voltigeait.

La folle enfant penchait la tête,
Et la rose se balançant
La rose, la rose coquette
Couvrait de baisers son front blanc.

Et je disais : « Petite rose,
« Jusqu'à ses lèvres, penche-toi :
« Et sur ses lèvres moi je n'ose,
« Fleurette, baise-la pour moi. »

Voici qu'en paroles nouvelles
J'ai mis la ballade des Fleurs :
D'autres font des chansons plus belles,
Mais nul n'a pu verser mes pleurs.

LOIN D'ELLE

Quand ils me voient au bal ils pensent que j'oublie,
Mais je ne puis : le jeu, la danse, tout m'ennuie,
Et pour cacher des pleurs qu'ils ne comprendraient pas,
Seul, je viens m'accouder à ma fenêtre ouverte
Et j'y reste longtemps et dans la nuit déserte
Je regarde le ciel de ce côté là-bas.

RÊVERIE

Midi monte au ciel : le grand lis rêveur
Penche haletant sa tête fragile :
La feuille s'endort sur l'arbre immobile.
J'écoute l'amour pleurer dans mon cœur.

Le linot se tait sur la haie en fleur :
Dans les plis dorés des sillons en pente
La perdrix poursuit sa course traînante.
J'écoute l'amour pleurer dans mon cœur.

Dans les rameaux verts du saule pleureur
Où vient s'endormir la brise pesante,
L'œil sur le soleil, la cigale chante.
J'écoute l'amour pleurer dans mon cœur.

A E.

Enfant, ils t'ont dit : « L'homme oublie ;
« Il se fait un jeu de l'amour.
« C'est en vain qu'un serment le lie :
« Il ne peut aimer plus d'un jour.

« Son âme est la feuille insensée :
« Elle tourne au vent incertain.
« Ses pleurs sont comme la rosée :
« Le soleil les sèche au matin. »

Ils n'ont pas dit, que leur importe !
Que le cœur peut mourir d'aimer,
Et qu'on voit plus d'une âme forte
Dans le désespoir s'abîmer !

Ils n'ont pas dit, leur cœur l'oublie !
Qu'eux-mêmes sont au lendemain,
Et c'est leur vieillesse flétrie
Qu'ils veulent verser dans ton sein.

Oh ! quand j'entends leur lèvre amère
Se railler de notre avenir,
Mon cœur se gonfle de colère
Et je sens que je puis haïr !

A E.

On dit que cette voix d'amour,
Cette voix longtemps dédaignée,
Toute femme l'entend un jour
Sous quelques cieux qu'elle soit née !

Que mes vers l'éveillent en toi :
Ce sera ma plus chère gloire.
Si du moins ta pitié pour moi
Les fait vivre dans ta mémoire,

Je puis voir mourir ces chansons
Où j'ai mis mon âme et ma vie,
Semblables aux refrains sans noms
Qu'on chante un soir et qu'on oublie.

ENVOI

À vous par qui je vais rêveur,
Vous dont l'amour a pris ma vie,
À vous je les donne et confie
Ces chansons, échos de mon cœur.

Et vous qui partez par le monde
Sur l'aile des vents voyageurs,
Mes chansons, pensez à la blonde
Pour qui j'ai versé tant de pleurs.

Près du ruisseau frais qui murmure,
Près des buissons où pend la mûre,
Passez, passez sans vous poser :

Mais si dans votre course errante
Vous passez près de mon amante,
Mettez sur sa bouche un baiser.

RESTEZ, MES CHANSONS

Restez avec moi, mes chansons,
Puisqu'elle ne doit pas vous lire :
Restez ; les pleurs que nous versons
Le monde ne ferait qu'en rire.

Elle aussi rit de mon amour :
Je ne puis m'y tromper moi-même ;
Mon espoir s'en va chaque jour,
Et plus je souffre plus je l'aime !

A E.

Pauvre insensé, cache tes pleurs !
En mars fleurit la violette :
Sous leur toit de mousse discrète.

On poursuit les premières fleurs
Pour les cueillir à peine écloses.
Qui s'en souvient au mois des roses ?

A E. D.

Souvent je descends en moi-même,
Je vois ma vie et j'en rougis
Et je gronde ce cœur qui l'aime,
Qui l'aime malgré ses mépris:

« C'est trop longtemps, sans paix ni trêves,
« Porter un amour dédaigné :
« De toutes les fleurs de mes rêves
« Dites-moi combien ont donné ?

« J'avais vingt ans : elle était belle....
« Venez, amis, prenez ces chants,
« Ces chants que j'avais faits pour Elle,
« Prenez et qu'on les jette aux vents.

« La terre a plus d'une contrée :
« Les jardins ont encor des fleurs....
« Ah ! si je pars l'âme serrée,
« Mes yeux du moins n'ont pas de pleurs ! »

Je dis, et le soir vient. Qui passe,
Qui passe ainsi sous ce balcon ?
Va, pauvre fou, reprends ta place
Et chante à la nuit ta chanson.

REPROCHES

Mes amis sont venus : ils m'ont pris par la main
Et m'ont dit : « Qu'attends-tu, pauvre faiseur de songes?
« Pourquoi nourrir ainsi ton esprit de mensonges
« Et souffler sur le feu qui brûle dans ton sein ?
« Il est temps, lève-toi, jette-toi dans la vie !

« Laissons rêver la femme, esclave de son cœur :
« Sois homme et secouant ta stérile douleur
« De son sommeil torpide éveille ton génie.

« Bientôt tu pleurerais et ta jeunesse enfuie,
« Et ces trois ans entiers, les meilleurs de tes jours,
« Dépensés à rêver d'impossibles amours.
« Le temps fuit à grands pas, le temps irréparable. »

Et je baisse le front comme un enfant coupable ;
Je n'ai rien à répondre et je l'aime toujours !

A E. D.

Ils disent que celle que j'aime
Perd de sa beauté chaque jour :
Je n'ai pas perdu mon amour;
Elle est pour moi toujours la même.

A MA SŒUR

« Puisque le jour n'a pas tenu
« Les promesses de son aurore,
« Frère, pourquoi le soir venu,
« Pourquoi donc espérer encore ? »

Tout là-bas, sur les coteaux bleus,
On voit, lorsque la nuit est claire,
Un sapin triste et soucieux,
Debout sur un lit de bruyère.

Chaque nuit quand la terre dort,
Lui veille et cherche dans l'espace :
Il regarde l'étoile d'or
Qui brille sur sa tête et passe,

O ma sœur ! voici bien des jours,
Voici bien des nuits qu'il l'appelle !
Et l'étoile passe toujours
Et lui monte toujours vers elle.

Il a dépassé les cyprès.
Chaque printemps, quand vient la séve,
Il monte et croit se voir plus près
Près de l'étoile de son rêve.

Ce matin je les vis d'en bas :
C'était aux lueurs de l'aurore.
L'étoile ne descendait pas.
Et le pin l'attendait encore.

A L'AGE OU L'ON COMMENCE A VIVRE

À l'âge où l'on commence à vivre
J'ai déjà versé bien de pleurs :
Vous qui vous lirez dans mon livre
Dieu vous donne des jours meilleurs !

Moi j'ai dans le rêve et l'attente
Perdu les jours de l'âge fort ;
Et du doute qui le tourmente
Mon pauvre cœur est comme mort :

Car je doute encor qu'elle m'aime
Après m'avoir tant fait souffrir ;
Et souvent je dis en moi-même :
« Comment cela doit-il finir ? »

OH! POURQUOI T'AI-JE RENCONTRÉE!

Que j'ai souffert cette soirée !
Je sentais mon cœur se fermer.
Oh ! pourquoi t'ai-je rencontrée
Si tu ne devais pas m'aimer !

Ma vie était comme un poëme ;
Tout te connaît autour de moi :
Mes livres savent que je t'aime,
Mes chansons me parlent de toi ;

Mes fleurs prennent un air de fête
Le soir quand je rentre joyeux;
Mes vieux tableaux penchent la tête
Comme pour lire dans mes yeux;

Et pendant les nuits que je passe
Assis sur mon lit en pleurant,
Je les entends dire à voix basse:
« Que t'a-t-elle fait, pauvre enfant! »

TOUT EST FINI

Qu'ils m'ont fait souffrir ! Dans mes veines
Je sentais le froid de la mort,
Et pour cacher mes larmes vaines
Il fallait leur sourire encor !

Lorsque pour loger sa couvée,
L'oiseau qui revient au printemps
A choisi la cime élevée
D'un chêne effeuillé par les ans,

Il tisse le bois mort et l'herbe
Avec la laine des toisons,
En écoutant d'un air superbe
Monter l'humble chant des buissons

Pauvre fou ! Tout un jour il rêve
Qu'il est l'aigle roi du vallon....
Et le premier vent qui se lève
Emporte en passant sa maison.

QUAND TU PRIERAS

Quand tu prieras, oh! dis mon nom!
Dieu bénit ceux pour qui l'on prie.
Je sens comme un secret frisson,
J'ai peur en regardant la vie :

De mes jours passés loin de toi
Je compte les heures d'avance;
Je vois s'étendre devant moi
Les nuits longues de la souffrance :

Je me vois seul dans l'avenir,
Ayant une vie à refaire;
Luttant avec le souvenir
Qui veut m'entraîner en arrière

Et me parler des jours perdus;
Cherchant dans mon âme trahie
La force que je n'y sens plus,
La foi sublime du génie;

Ne sachant même plus vouloir,
Faible et craintif comme une femme!
Et les larmes du désespoir,
Ces larmes qui montent de l'âme,

Qui brûlent et ne coulent pas,
Je les sens là sous ma paupière!
Oh! dis mon nom quand tu prieras:
J'ai tant besoin de ta prière!

ADIEU

Adieu, toi que j'ai tant aimée !
Dans mon âme à quoi bon rouvrir
Cette plaie encor mal fermée :
Sans te revoir mieux vaut partir !

Adieu ! Ma dernière prière
Au lit de mort sera pour toi !
Dieu nous sépare sur la terre :
Qu'il te fasse heureuse sans moi !

Qu'il efface de tes pensées
Jusqu'au souvenir de l'absent;
Et les larmes que j'ai versées
Qu'il les épargne à ton enfant!

SECONDE PARTIE

A TRAVERS LA JEUNESSE

J'AI CHANTÉ MA CHANSON DE MAI

J'ai chanté ma chanson de mai ;
Elle rit moins qu'elle ne pleure.
Mon cœur, dis-moi, même à cette heure
Voudrais-tu n'avoir pas aimé.

JE PARS

Je pars mais avec moi j'emporte
Deux souvenirs toujours vivants.
C'est ici que ma mère est morte
Et c'est ici que j'eus vingt ans!

Adieu la vie insouciante,
Les courses folles au jardin,
Les rêves à la nuit tombante,
Les fraîches chansons du matin.

Vieille maison de ma jeunesse
Où fleurit mon printemps d'amour,
De ce passé que je te laisse
Que dois-tu me rendre au retour?

ADIEU

Adieu pour toujours! Quand je pense
Que je vais vivre loin de toi,
Je crois déjà sentir le vide de l'absence
Et mes pleurs tombent malgré moi.

Adieu! Les pleurs sont inutiles!
De tous les jours que j'ai vécus
Il ne me reste rien que des regrets stériles!
Le monde où j'habitais n'est plus.

Adieu pour toujours ! Ma jeunesse
A pleuré de tant de douleurs
Que je vois l'avenir sans joie et sans tristesse !
Il ne me rendra pas mes pleurs.

AU LOIN

Cette ivresse cherchée et ces chansons d'orgie,
Ces rires sans gaîté, ces baisers sans amour,
Tout cela vous entraîne et vous dissipe un jour :
Mais je n'étais pas fait pour mener cette vie.

Non : ma jeunesse avait nourri d'autres désirs :
Ce n'était pas ainsi que je voulais qu'on m'aime !
Je sens monter en moi le mépris de moi-même :
Mes pleurs d'hier valaient mieux que tous leurs plaisirs !

AU LOIN

Parfois je sens mon cœur éteint se ranimer :
Je crois que je la vois et que j'entends son rire
Et je pense à cela qu'elle aurait pu m'aimer !
Et je pleure. Et le soir je les entends me dire
De boire pour chasser ces songes maladifs :
« Ta maîtresse t'attend : c'est un beau corps de femme :
« Elle a la gorge ferme et les muscles lascifs :
« Que te faut-il de plus et que te fait son âme ? »

UN SOIR DE BAL

Elle me regardait! Ses yeux n'empruntaient pas
Au trouble de ses sens d'impudiques éclats:
Mais secouant la tête elle semblait me dire:
« Tu mens, j'ai vu les pleurs que cache ton sourire. »

Elle me regardait! Et je laissais mes yeux
Se poser sur les siens, étonnés et joyeux:
Et mon âme troublée en la voyant si belle
Tressaillait dans mon sein et se penchait vers elle...

Poëte, n'as-tu pas vingt ans, l'âge d'aimer?
Oh ! pourquoi donc laisser ton cœur se refermer?
N'as-tu plus de désirs, et ta lèvre pâlie
A-t-elle déjà bu tout le vin de la vie?
Poëte, n'as-tu pas vingt ans l'âge d'aimer !
Si c'était là l'enfant que ton rêve a cherchée
Et qu'en tes bras ardents tu crus presser un jour !
S'il pendait dans ton âme à la fleur de l'amour
Quelque racine encor qui ne fut pas séchée...

Tu railles, pauvre fou, mais ton rire est cruel.
Tu trouves l'heure longue et ton âme s'ennuie
Et lasse de la terre elle rêve du ciel...
Poëte, va finir ton rêve dans l'orgie !

Ne te souvient-il plus de tes larmes d'hier?
Non ! Éteins ta pensée en toi ! Laisse ton âme
Dormir son lourd sommeil dans son tombeau de chair,
Mais ne l'éveille plus pour aimer une femme !
Chasse ces songes creux qui te troublent les sens ;
Dis-leur : « Je vous connais, j'ai pleuré dans mon temps,
« Et la douleur d'un jour a dévasté ma vie ! »

Poëte, va finir ton rêve dans l'orgie !

AU LOIN

« Pourquoi t'exiler de la vie
« Et laisser ton cœur se fermer ?
Disent-ils : « Si l'une t'oublie,
« D'autres peuvent encor t'aimer ! »

Je puis faire un autre poëme,
D'autres nœuds peuvent me lier :
Mais je sens encor que je l'aime,
Lorsque je cherche à l'oublier !

ELLE EST A MOI!

Elle est à moi, moi seul! Tout ce qui vit en elle,
Ses rêves, ses soupirs, ses regards, ses pensers,
Tout cela m'appartient! On dit qu'elle est bien belle:
Je sais qu'elle est à moi, c'est tout ce que je sais!

Elle est à moi, moi seul! et j'ai son âme entière
Comme un roi son palais, comme un Dieu son autel!
Je la ferais pleurer pour un regard sévère,
Avec deux mots d'amour je puis remplir son ciel!

Elle est à moi, moi seul ! Quand elle entre à la fête
Mon bonheur c'est d'aller dans l'ombre me cacher,
Pour la voir qui se penche attentive, inquiète,
Pour suivre son regard qui semble me chercher !

JE VOUDRAIS ÊTRE SEUL

Je voudrais être seul loin des bruyants convives,
Être seul avec toi !
Pour voir seul ton sourire, et pour que tu ne vives
Une heure que pour moi !

Pour te sentir m'aimer ; pour que ton regard d'ange
Ne parle qu'à mes yeux !
O mon unique amour, c'est une chose étrange
Que ces mots glorieux,

Ces deux mots les plus grands que des lèvres de femme
Aient jamais murmuré,
Il faille les cacher dans le fond de son âme,
Comme un larcin sacré :

Qu'il faille les cacher au mépris, à l'envie,
Et rougir de l'amour !
Et cependant, qu'il soit un instant dans la vie,
Qu'il soit une heure, un jour,

Où la main ait tremblé dans la main qui la touche,
Où la joue ait pâli,
Où le secret du cœur ait passé sur la bouche,
Et le monde est rempli !

CHANSON

Quand je te vois parmi la fête,
Passer en souriant à tous,
Vaincu par mes regrets jaloux,
En pleurant je courbe la tête;
Et je me dis, doutant de toi :
« Son cœur, son cœur n'est plus à moi ! »

Mais quand dans la foule enivrée,
Tes yeux viennent chercher les miens,

Je tressaille et je me souviens,
De l'amour que tu m'as jurée ;
Et je me dis, sûr de ta foi :
« Son cœur, son cœur est tout à moi ! »

OH! QUAND LA LÈVRE DOIT SE TAIRE

Oh! quand la lèvre doit se taire,
Laissons, laissons parler les yeux!
Comme elle ils ont une prière
Et des soupirs silencieux.

Comme elle ils savent peindre l'âme,
Comme elle ils font parler les sens:
Ils ont de longs baisers de flamme
Plus émus et plus enivrants.

Mieux qu'elle ils gardent le mystère
Dont s'entoure l'amour heureux !
Oh! quand la lèvre doit se taire,
Laissons, laissons parler les yeux !

N'AI-JE PAS OUBLIÉ

N'ai-je pas oublié ! Que me veulent ces pleurs !
La tige du rosier tout l'hiver semble morte,
Car ses dernières fleurs l'automne les emporte ;
Et le prochain avril lui rendra d'autres fleurs.
Mais pour aimer deux fois, l'homme n'a pas deux cœurs.

REGRETS

Toujours le même drame ou le même roman!
Toujours l'amant d'un jour, le pâle et doux Juan,
Qui laisse à ses remords donne Elvire séduite,
Ou Faust, l'homme blasé, qui demande à Satan
Ce qu'il faut de bijoux pour avoir Marguerite!

Si la possession n'éteint pas le désir,
Si, par la loi de Dieu, le remords doit saisir

Au réveil de l'amour notre âme inassouvie,
Pourquoi donc nous créer de coupables douleurs?
Et pourquoi, si c'est là le meilleur de la vie,
Pourquoi mettre la mort au nombre des malheurs?

LES RÊVES

A ANDRÉ DE ROLLE

Les rêves de l'esprit sont comme le nuage
Qui monte de l'autel quand on brûle l'encens.
Un instant il s'arrête et dessine une image,
Puis il s'évanouit sous le souffle des vents
Et l'œil qui le suivait en cherche en vain la trace.

Comme sur un chemin tout semé de tombeaux,
Marchant sans s'arrêter, l'esprit que rien ne lasse,

BIBLIOTHEQUE IMPERIALE IMPR.

Dès qu'un rêve est détruit en poursuit de nouveaux.
Du jour où j'ai pleuré pour l'amour d'une femme,
Combien déjà, combien sont partis de mon âme
Qui ne reviendront plus, que nul ne me rendra :
Combien dorment encor dans mon âme profonde,
Qui mourront avec moi, que nul ne connaîtra !

Comme Hoffmann et Balzac, je me suis fait un monde,
Qui né dans mes pensers n'obéit qu'à ma loi.
Comme dans un tombeau muré dans ma folie,
J'y puis vivre plus seul et plus heureux qu'un roi,
Car les troubles du cœur et les bruits de la vie,
Expirent à mes pieds sans monter jusqu'à moi !

Dans mes rêves, je sors du temps et de l'espace,
Le réel disparaît, le possible s'efface,
Changer est un besoin et créer est un jeu,
Car mon âme est semblable à ces cavales blondes
Qu'un seul souffle du vent savait rendre fécondes !
Dans mes rêves je suis plus qu'un roi, je suis Dieu !
Comme lui de ma main laissant tomber les mondes,
J'étreins l'immensité, j'anime le chaos.
Je peuple le néant et j'ouvre les tombeaux !

RÊVES

A A. DE R.

Souvent mon rêve évoque une image de femme,
Comme on n'en voit qu'en songe avec les yeux de l'âme,
Une de ces beautés, fleurs d'un autre univers,
Que les chanteurs puissants font vivre dans leurs vers

Tantôt c'est Desdémone avec sa robe blanche,
L'amante de Manfred, la fatale Astarté,
Ou l'amante de Faust, Gretchen, dont le front penche,

Fléchissant sous le poids de sa virginité,
Ou l'enfant de quinze ans la petite Marie
Qui suspendait au cou de Rolla sa croix d'or :
Tantôt c'est Juliette et la pâle Ophélie,
Qui savaient toutes deux aimer jusqu'à la mort.

Les voilà, les voilà celles que mon cœur aime!
Indifférent à tous, vivant dans mes amours,
Je vais l'un après l'un laissant tomber mes jours,
Comme un poëte fait des chants de son poëme,
Endormi, mais heureux! Pourquoi plaindre les fous,
S'ils trouvent le bonheur au fond de leur folie?
Pour moi je les envie et je crois qu'il est doux,
De mourir en chantant comme est morte Ophélie!

REGRETS

Je n'ai rien fait encore et j'atteins déjà l'âge
Où Gœthe pensa Faust, où Musset fit Rolla!
Je crois que je ressemble au Franz de Dalila.
Comme lui mon amour a brisé mon courage,
Et comme lui, rongé d'un regret éternel,
J'ai trop vécu du cœur et je n'ai rien su faire,
Rien, rien qu'aimer le beau, la vie et la lumière
Et m'asseoir pour rêver en regardant le ciel.

LE RETOUR

Le bien et le mal, tout s'oublie :
Les pleurs se sèchent dans les yeux.
J'ai repris mon ancienne vie
En me retrouvant dans ces lieux.

Les vieux tableaux sont à leur place,
Les vieux livres sur leurs rayons :
Mais les pleurs ont laissé leur trace
Sur l'encre des vieilles chansons.

FAUST

A AUGUSTE PICARD

Depuis que par le bras d'un nouvel Evhémère,
L'Allemagne a remis le fils de l'homme en croix,
Et, brisant le lien du ciel et de la terre,
A voilé l'avenir pour la seconde fois,

Comme les fils d'Agar, prêts à plier leur tente,
Dans le désert brûlant attendaient Mahomet,
Les peuples enfiévrés dans une immense attente,
Appellent de leurs vœux le Dieu qu'on leur promet :

« Est-il tari ce sein d'où s'épanchait la vie,
« Et faut-il enfermer nos dieux dans le tombeau, »
Disent-ils : « Ou le ciel changeant de dynastie
« Va-t-il nous envoyer un prophète nouveau ? »

Peuples, n'attendez plus ! Le but de la science
Ce n'est plus l'infini qui vous sortait du temps :
L'homme doit rejeter ces rêves de l'enfance,
Les vieux Dieux sont tombés sous les coups des Titans !

Ce n'est plus le travail de l'antique problème,
De l'homme demandant si le ciel a son roi,
Et s'il a droit de croire ou s'il doit en lui-même
Étouffer cette voix du cœur qui fait la foi ?

Ce n'est plus le réveil d'une philosophie
Qui ne saura jamais si la création
N'est qu'un parc à bétail, une auge, une écurie,
Et si c'est le boucher qui créa le mouton.

Ce n'est plus le vieux monde, impatient de vivre,
Pour de plus jeunes dieux détrônant Jupiter :
Ce n'est plus le combat des trois peuples du livre
Ni le missel heurtant la bible de Luther.

Et ce n'est pas non plus le doute qui s'essaie
Hamlet au cimetière allant palper la Mort,
Ou Job sur son fumier montrant au ciel sa plaie,
Et pour railler son Dieu lui demandant s'il dort.

Non! C'est le Faust, pour qui Dieu même est impossible,
Qui ne se souvient plus de ses doutes d'hier
Et du monde des sens bannissant l'invisible
Commence par l'amour le règne de la chair.

C'est le Faust qui sait tout, qui se connaît lui-même,
Qui maudit la Raison, l'Espérance et la Foi,
Sait que toute science aboutit au blasphème,
Soumet l'esprit au corps et fait son Dieu du Moi.

Pour décider Adam à manger le fruit d'Ève
Satan lui dit: « Je vais te rendre égal à Dieu! »
Faust, élève d'Hégel réalise le rêve
Qu'avaient nourri depuis tous les fils de l'Hébreu.

Faust, savant positif, ne doute plus, il nie.
Il rit de l'avenir en jetant son flambeau,
Car cette âme qu'il vend pour jouir de la vie,
Il sait qu'elle est mortelle et dissoute au tombeau.

Ce n'est pas lui qu'on peut effrayer d'un fantôme,
De ce rêve d'enfant qui fait Dieu personnel,
Créateur par ennui, bientôt jaloux de l'homme,
Et se replongeant seul dans le vide éternel!

La Bible n'est pour lui qu'un roman historique,
Et le Ciel juif le cède à l'Olympe païen.
Il lit dans David Strauss l'Évangile mythique,
Et ne voit dans Jésus qu'un Socrate chrétien :

« Cette histoire de sang a troublé trop de fêtes !
« Le monde ne peut vivre à l'ombre d'un gibet.
« Nos enfants laisseront la légende aux poëtes,
« Car un Dieu dans un drame est d'un immense effet.

« Voici longtemps que l'homme espère et qu'il s'épuise
« Vers un but qui ne vaut sans doute pas l'effort.
« Jetons la vieille idole au feu qui divinise,
« Et laissons au passé le culte de la Mort.

« Vivons et jouissons! Que l'ardente chimie
« Nous rende le beau corps d'Hélène aux blonds cheveux :
« Cherchons dans les creusets le secret de la vie,
« Le souffle créateur, le Moi mystérieux.

« Travaillons ! Il nous faut des femmes pour l'orgie !
« Les dieux ont des autels : il nous faut des palais.
« Travaillons ! Car demain l'humanité vieillie
« Pour faire Homunculus emploiera nos creusets ! »

Soit ! Tous les dieux sont morts : l'âme n'est qu'un fluide !
Mais nous qui les aimions ces vieux rêves si beaux,
Nous, jetés le cœur plein au seuil d'un monde vide,
Nous maudirons longtemps ces apôtres nouveaux

D'une foi qui nous force à regretter le doute !
Nous maudirons ceux qui, niant l'œuvre divin,
Renversent les flambeaux qui, debout sur sa route,
Au travers de la nuit guidaient le genre humain !

REGRET

Sans doute j'ai fini par dompter ma souffrance.
Les vieux songes d'amour se sont évanouis,
Et le travail jaloux prend mes jours et mes nuits.
Mais si j'ai le repos je n'ai plus l'espérance :
Ne plus sentir qu'on souffre est-ce donc être heureux ?

Ah ! la gloire est lointaine et le travail austère,
Le chemin est glissant et le but est douteux,
Et sans tant de soucis j'aurais pu vivre heureux !

Poëte, fais veiller ta lampe solitaire,
Lis le jour, lis la nuit! Tu peux forcer tes yeux
A dévorer leurs pleurs, tes lèvres à se taire,
Tu peux mentir au monde et nier ta douleur;
Tu n'étoufferas pas ce regret dans ton cœur!

LE DOUTE

A SULLY PRUDHOMME

Porter la fin d'un siècle est un fardeau bien lourd.
C'est la loi d'ici-bas la nuit succède au jour :
La vérité d'hier aujourd'hui n'est plus vraie.
Mais le doute a fauché le grain avec l'ivraie
Et la froide science, en dépeuplant nos cieux,
A tué dans nos cœurs la force des aïeux.

Pourquoi mettre ses jours dans une œuvre éphémère,
Si le fils doit railler ce qu'adorait le père,
Si, tout même les dieux, ici-bas doit mourir !

Faut-il donc enrayer le char de l'avenir?
L'aveugle a-t-il le droit de nier la lumière?
Faut-il dire à nos fils de vivre sans prière?
Faut-il abandonner l'infini qui nous fuit,
Égaler à jamais l'esprit et la matière
Et nommer tout haut jour ce qu'on appelait nuit?

Faut-il dans l'âme ardente éteindre la pensée,
Et, vaincu par l'effort d'une tâche insensée,
Dans la sueur du corps engourdissant l'esprit,
Aller prendre une bêche et remuer la terre?

Faut-il pour les plaisirs quitter l'étude austère,
Et comme le vieux Faust quand Gretchen lui sourit
Redevenir enfant et fermer le grand livre?

Faut-il comme le bonze aux pieds d'un Dieu de cuivre
Fixant sur l'infini ses deux yeux sans regard,
S'étendre sur le dos et puis s'écouter vivre?

Las de marcher toujours dans l'ombre et le hasard,
Las de chercher un Dieu, las de chercher un homme,
Las d'implorer ce ciel qui ne veut pas s'ouvrir,
Comme Caton vieilli désespérant de Rome,
Faut-il s'envelopper la tête pour mourir?

LA GENÈSE NOUVELLE

A AUGUSTE PICARD

Deux fantômes voilés, la Naissance et la Mort,
Ferment pour nous les deux horizons de la vie.
L'homme doit retourner au chaos dont il sort :
La terre qu'il occupe est sa seule patrie.

L'homme essaierait en vain d'assurer son regard :
Il ne peut pas saisir l'être sous l'apparence.
Mais comme aux qualités il prête la substance,
Tel au commencement il pose le hasard.

Produit harmonieux des forces spontanées
L'être vivant jaillit de l'éternelle nuit,
Et chaque espèce errante à sa loi qu'elle suit,
Son type impérissable et des formes bornées.

Ni vide, ni repos. Un mouvement fatal
Préside dans l'espace au concours des atomes :
La force ne connaît ni le bien ni le mal ;
Dans un cercle immuable elle entraîne les hommes.

Tout change, rien ne meurt et le Moi seul se perd.
La matière inactive et la force féconde
Font l'éternel combat de l'âme et de la chair,
Et leur lutte ne doit finir qu'avec le monde.

L'âme, fille du corps, abstrait ce qu'elle sent.
Elle assemble les faits et les lois sont fondées.
Dans ce monde éternel l'homme rêve en passant
Et de l'ordre des faits naît l'ordre des idées.

La chair tombe et la vie au néant se résout.
L'univers porte en soi les effets et les causes :
Il n'a pas les destins que l'homme prête aux choses
Et les Dieux sont des lois qu'on isolait du tout.

L'homme, force qui pense, est le roi de la terre
Dont il trouva les lois ! Il ne croit plus, il sait,
Et las de se courber sous un poids volontaire,
Il peut briser un Dieu que lui seul avait fait.

Le culte, c'est d'apprendre, et le monde est le livre
Qui reflète le songe inconscient des dieux.
L'homme est né dans le temps ; son travail est d'y vivre
Et sa fin d'y trouver le secret d'être heureux.

DOUTE

Mourir ! Lorsque ce mot revient à ma pensée
Je sens mon cœur trembler d'une crainte insensée !
Oui, j'ai peur ! Est-ce donc la crainte de souffrir,
Le frisson de la chair qui ne veut pas pourrir,
Ou le trouble muet de l'âme qui chancelle
Au moment d'aborder ce néant qu'elle appelle ?

Est-ce le jeu des nerfs ? Est-ce l'effroi du corps
Quand il a vu le sang couler d'une blessure ?

Est-ce dans l'animal le cri de la nature?
Est-ce la peur d'un juge et le poids d'un remords?

Je ne sais. L'infini me fascine et m'accable.
L'inconnu dans la mort met un trouble secret:
Au moment de franchir l'abîme irréparable,
Je sens que mon poignard hésite et comme Hamlet,
Je heurte ma pensée à l'éternel peut-être.

Rien avant, rien après! Tout doit-il bien finir?
L'homme de son destin est-il bien le seul maître?
Quand tu disais ces mots: Ce qui naît doit mourir,
Vieux sage, pensais-tu que ton âme était née!

Qui donc nous le dira le secret des tombeaux?
Souvent le soir lassé d'inutiles travaux
Et jetant loin de moi l'œuvre de ma journée,
Laissant l'esprit fléchir sous le fardeau du corps,
De mes yeux fatigués j'éloigne la lumière,
Je descends en moi-même et je pense à mes morts,
Je revois mes amis et je parle à ma mère.

Où sont-ils maintenant ceux que j'ai vu mourir?
Les uns, ombres sans noms, images effacées,
Traits vagues que mes yeux ne peuvent plus saisir,

N'éveillent dans mon cœur qu'un pâle souvenir.
D'autres sont là debout, vivants dans mes pensées:
Le temps qui change tout n'a pas changé leurs traits;
Je crois entendre encor leur adieu, cri funeste
Que celui qui s'en va jette à celui qui reste,
Et s'ils venaient à moi je les reconnaîtrais.

O vous, dont j'ai gardé les traits et le sourire,
Ce secret que j'attends revenez me le dire!
Parlez-moi du tombeau! Dites-moi si les morts
Sentent le ver glacé qui vient ronger leur corps?
Libre de son argile où va l'âme immortelle?
Atome du grand Tout, goutte dans l'Océan,
Va-t-elle se rejoindre à l'âme universelle?
Ou bien comme le corps se dissolvant, doit-elle
Dormir l'éternité dans les bras du néant!

Oh! dites-le! Celui qui déserte la vie
Va-t-il tremper son âme au fleuve où l'on oublie?
Comme ce juif damné dont ne veut pas la mort,
Poursuit-il le néant d'un inutile effort?
Vit il toujours, toujours! et nouveau Prométhée,
Voit-il dans d'autres corps son âme ensanglantée
Renaître pour aimer encor!

LE TROU DE L'ENFER

— DOUARNENEZ —

L'air est lourd, le ciel sans étoile;
La lune a des reflets de sang :
Sur le gouffre noir comme un voile
Lentement le brouillard descend.

C'est là que les morts volontaires
Ont trouvé l'éternel repos :
Leurs âmes n'ont pas de prières
Et leurs corps n'ont pas de tombeaux.

Par instants le flot qui s'écoule,
Met à nu des rochers broyés
Blanchis par la mer qui les roule :
Ce sont les spectres des noyés.

Quand le vent écarte la brume,
On voit le phosphore aux feux bleus
Courir sous les flots blancs d'écume :
Les noyés entr'ouvrent leurs yeux.

Les galets que la vague fouette
Font entre eux comme un bruit de fer
Que l'écho du gouffre répète :
C'est le cri des damnés d'enfer.

Quand je me penche sur ce vide,
Je ne sais pourquoi, mais j'ai peur.
Ah ! Laisse aux lâches le suicide :
A quoi bon se tuer, on meurt !

CLAIR DE LUNE

— DOUARNENEZ —

A ALBERT PORCHER

En haut on distingue dans l'ombre,
La lande où le sentier se perd :
En bas un ruban d'un gris sombre,
Dessine le bord de la mer.

Dans son manteau de vapeur blanche,
La lune monte peu à peu ;
La splendeur des nuages tranche
Sur le fond sombre du ciel bleu ;

Tantôt ils flottent comme un voile
Qu'on ouvre et ferme tour à tour,
Tissu léger de fine toile
Qui laisse encor filtrer le jour :

Tantôt comme des bancs de ouate
Enroulés autour d'un écrin,
Ils animent leur pâleur mate
Des reflets brillants du satin.

Un rideau de brume argentée
Noie et ferme les horizons :
Une lumière veloutée
Joue et s'endort dans les ajoncs.

Un jour moelleux et bleuâtre,
Planant dans l'air comme un réseau,
Inonde la lande rougeâtre
Et finit au pied du coteau.

Au loin la mer dort immobile :
On peut compter au bord des flots
Les rochers rangés à la file
Comme des pierres de tombeaux.

Cette paix des choses m'oppresse :
Nul bruit ne monte de la mer.
Je me sens pris d'une tristesse
Qui cependant n'a rien d'amer.

En haut, au delà de la terre,
Mon rêve se perd dans le bleu,
Parmi ces mondes de lumière
Qui savent le secret de Dieu.

LES ROCHERS DU RAS

— DOUARNENEZ —

Ils sont là ! Devant eux le grand désert des eaux.
Ils sont là ! fiers, debout, droits comme une muraille,
Attendant endormis le choc pesant des flots,
Qui deux fois chaque jour vont leur livrer bataille.

C'est une masse énorme et qui saisit le cœur :
Sur leur sommet rongé de lichens et de mousses,
L'homme a fait des sentiers où la chèvre aurait peur,
Et leur pied disparaît sous un lit d'algues rousses.

Depuis combien de jours êtes-vous là, rochers?
Qui donc vous imposa ce sommeil séculaire,
Et quelle main vous tient là, fixes et penchés,
Vous qui n'expiez pas un crime héréditaire?

Vous devez être nés quand naquit l'univers:
Vous souvient-il encor de ce matin du monde?
Avez-vous entendu la parole féconde
De Celui qui fit l'homme et sépara les mers!

Je voudrais bien savoir si vous avez une âme?
Quel songe elle nourrit dans vos nuits de mille ans,
Et si vous nous raillez, nous les fils de la femme,
Qui travaillons pour vivre et passons dans le temps

Je suis plus grand que toi, nature impénétrable!
Garde-le ce secret que tu ne peux donner.
Matière, c'est en vain que ta splendeur m'accable·
Si tu viens du néant, tu peux y retourner!

CHANNING

A GEORGES LAFENESTRE

Il disait au chrétien quelqu'il fût : « Je vous aime,
« Notre but est le même et votre Dieu le mien.
« Le Jésus que je suis n'enseigne que lui-même :
« Et ses disciples sont tous ceux qui font le bien.

« Soyons unis ! Voyez, l'homme a perdu son âme !
« La raison n'admet plus l'évidence du cœur.
« Ranimons par l'amour tous ces esprits sans flamme
« Et rendons-leur au moins le culte intérieur.

« Reformons l'unité que Luther a brisée,
« Et dégageons la foi de tout symbole écrit.
« Soyons unis! L'amour vaut mieux que la pensée :
« Il faut frapper au cœur pour pénétrer l'esprit.

« Versons dans tous les cœurs la paix de la lumière :
« Laissons dans le passé dormir les dieux vengeurs,
« Ces dieux jaloux qui font adorer leur colère,
« Trouvant l'humanité plus belle dans les pleurs :

« L'âme humaine, foyer d'amour inépuisable,
« Plante dont la racine est dans l'éternité,
« L'âme humaine au delà d'un monde périssable,
« Veut aimer dans son Dieu l'éternelle bonté.

« Pourquoi meurtrir la chair et vivre de racines,
« Et nourrir ses pensers du sépulcre et du ver?
« Respectons dans nos corps l'œuvre des mains divines,
« Car Dieu même a tissu nos vêtements de chair.

« Aimons le bien, le vrai, tout ce qui fait la vie;
« N'étouffons pas en nous l'homme sous le chrétien.
« La famille est aimable, et douce la patrie :
« Aimons aussi le beau, cette forme du bien. »

Il disait aux savants : « En enseignant les hommes,
« Élevez donc leur âme au Père universel.
« Vous n'avez pas tout fait en classant vos atomes :
« L'homme a droit de parler comme un être immortel.

« Ne clouez pas son front et son âme à la terre,
« Et laissez-le marcher les yeux sur le soleil ;
« Laissez ! Pour vivre haut, il faut que l'homme espère :
« La vie est une nuit, et la mort le réveil.

« Ne livrez pas l'esprit des peuples aux sophistes,
« Et ne leur faites pas adorer une loi.
« Chassez les songes creux des Luthers panthéistes ;
« Ne faites pas heurter la raison et la foi.

« Un Dieu passif, assis à la porte du monde,
« Regardant dans la nuit les siècles s'engloutir,
« Remplace-t-il le Dieu, dont la bonté féconde,
« Met l'homme dans le temps pour l'en faire sortir ? »

Il disait aux douteurs : « Si le bien vous enflamme,
« Si vous sentez encor dans vos cœurs l'infini
« Qui rayonne à travers toute étoile et toute âme,
« Si vous ne demandez qu'un culte rajeuni,

« Si vous avez en vous gardé la foi du Père,
« Et si vous ne doutez que du Dieu s'incarnant,
« Sortez de cette arène, où les fils de Voltaire,
« Sur les autels souillés marchent en ricanant!

« Laissez là la science et, dans un plus grand livre,
« Dans le monde, cherchez le divin ouvrier.
« L'Évangile du Christ n'enseigne qu'à bien vivre;
« C'est votre cœur qui doit vous apprendre à prier.

« Venez à moi! Quittons les sages de la terre!
« Laissons-les appeler leur Dieu sur les hauteurs,
« Et prions-le tout bas d'augmenter la lumière
« Et de verser l'amour et la paix dans les cœurs! »

COUCHER DE SOLEIL

— DOUARNENEZ —

A A. P.

C'est un carré de gazon vert,
Fermé d'arbres rangés en haie,
Dont un seul côté reste ouvert,
Celui qui regarde la baie.

Les reflets du soleil mourant,
Refoulés par l'ombre naissante,
Tracent sur le ciel transparent
Comme une sphère incandescente.

L'ombre des sapins déjà noirs
Descend sur les pentes brunies :
Au fond, dans la pourpre des soirs,
Roulent les vagues aplanies.

Par instants la brise de mer
Ouvre le rideau de feuillage ;
Sur la colline, au haut de l'air,
Se balance un petit nuage.

Sur son fond, d'un rouge de feu,
Sa bordure d'or étincelle ;
Il flotte et descend peu à peu
Vers la colline qui l'appelle.

LA BAIE DES TRÉPASSÉS

— DOUARNENEZ —

Le soleil, entouré d'une écume de feu,
Verse à travers la brume une lumière humide :
Derrière moi la lande est sombre et teinte en bleu ;
Sous mes pieds se déroule un grand lac d'or liquide.

Pas un souffle dans l'air : des nuages, stagnants
Par places sur la mer, jettent des îlots d'ombre
Qui s'allongent, bercés sur les flots indolents :
Au fond, un ciel de plomb qui fait l'horizon sombre.

Des pêcheurs m'ont parlé de peuples disparus
Sous ces flots : ils m'ont dit qu'ici dort une ville,
Et que, dans les vallons que creuse le reflux,
Ils ont vu son clocher qui se dresse immobile.

Mais les oiseaux de mer, au manteau noir et blanc,
Les corbeaux s'appelant à travers les nuages,
La mouette qui plonge ou le lourd goëland,
Troublent seuls aujourd'hui la paix de ces rivages.

Qui donc a pu dresser autour de cette mer
Ces remparts de granit et creuser ces chaussées?
Qui donc fait retentir, au fond de ce désert,
Ce bruit sourd et profond des vagues entassées?

Ah! ces bruits de tes flots, les hommes d'autrefois
Les nommaient les accents de la langue éternelle,
Grande mer, et leur Dieu leur parlait par ta voix!
Mais ce siècle s'est fait une langue nouvelle :

Les fils ont renié la foi de leurs aïeux ;
L'esprit des temps nouveaux repousse le mystère!
Moi, je voudrais savoir, si nous sommes des dieux,
Ce que j'ai pu venir faire sur cette terre.

AMOUR

Amour, charme et tourment de nos vaines années,
Toi qui nous fais chercher la musique des vers,
Cette langue du ciel où les âmes sont nées,
Amour, qui nous rendra les jours que tu nous perds?

J'ai dépensé quatre ans dans un rêve de femme,
Dans un rêve d'amour que Dieu n'a pas béni ;
Un rêve, quel qu'il soit, ne peut remplir une âme ;
Si l'amour est immense, il n'est pas infini !

FIN.

TABLE

BIBLIOTHÈQUE IMPÉRIALE

PREMIÈRE PARTIE

LES PREMIÈRES LARMES

SECONDE PARTIE

A TRAVERS LA JEUNESSE

BIBLIOTHÈQUE IMPÉRIALE
IMPR.

PARIS. — IMP. SIMON RAÇON ET COMP., RUE D'ERFURTH 1.

www.ingramcontent.com/pod-product-compliance
Ingram Content Group UK Ltd.
Pitfield, Milton Keynes, MK11 3LW, UK
UKHW031904260826
14628UKWH00002B/975

9 782019 257613